NON MAIS ÇA VA PAS ?

© 2003, l'école des loisirs, Paris
Loi numéro 49 956 du 16 juillet 1949 sur les publications
destinées à la jeunesse : mars 2003
Dépôt légal : mars 2003
Imprimé en France par Aubin Imprimeur, Poitiers

GRÉGOIRE SOLOTAREFF

NON MAIS ÇA VA PAS ?

l'école des loisirs
11, rue de Sèvres, Paris 6e

Il était une fois un crocodile
qui vivait dans une mare.

Chaque fois qu'un animal passait,
le crocodile disait :
« Hé ! Toi ! Viens jouer avec moi ! »

« J'arrive tout de suite ! »
disait quelquefois l'animal.
Alors le crocodile le mangeait.

**Mais le plus souvent, l'animal répondait :
« Non mais ça va pas ? »
Ce jour-là, le crocodile ne mangeait pas.**

**Un jour, un petit éléphant,
très content, s'approche de l'eau.**

« Aïe ! » fait le petit éléphant.
« Lâche-moi immédiatement ! »

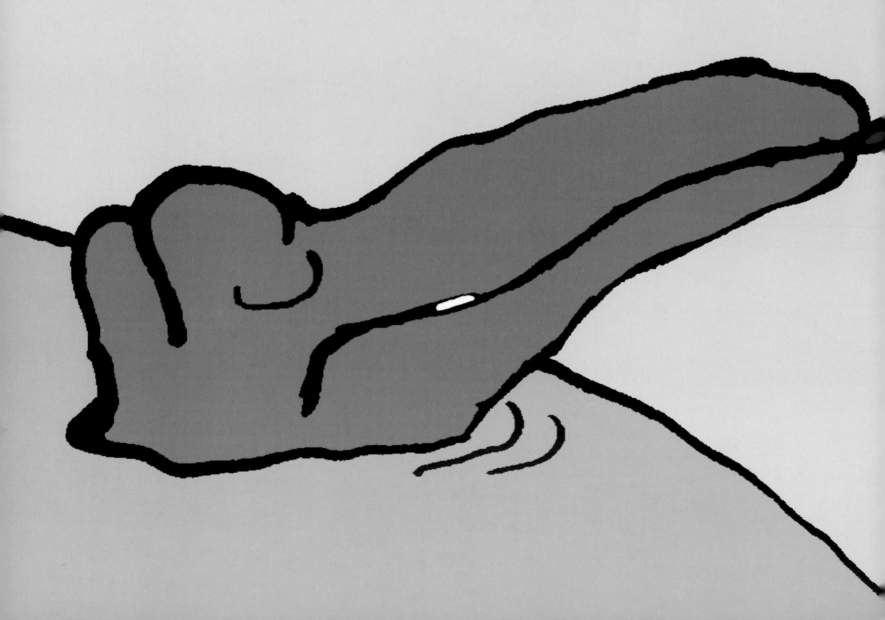

« Non mais ça va pas ? » s'écrie le crocodile,
en ouvrant sa mâchoire.

« Tu m'as fait mal ! Je vais le dire à Maman ! »

« Personne ne veut jouer avec moi ! »
gémit alors le crocodile.
« Demande-le autrement ! » dit l'éléphant.

« Comment ? »
« Un peu plus gentiment. »

« S'il te plaît », supplie le crocodile,
« approche-toi, et viens jouer avec moi ! »

« Non mais ça va pas ? »
répond l'éléphant en rigolant.
« Les crocodiles, c'est trop méchant ! »

**Le crocodile, furieux,
plonge dans sa mare.**

**Et l'éléphant, très content,
va retrouver sa maman.**